رواية

جومانوس

أُميرة الإغريق

د. جُمان الريحاني

إهداء..

إهداء إلى الحب من طرف واحد

إهداء إلى الحب الذي يكتمل

إهداء إلى كل قلب له نبض صادق

إهداء إلى كل من إحساس مرهف

إهداء إلى كل من يهتدي إلى الطريق الصحيح

طريق تنبض فيه القلوب الصادقة

القلوب الطاهرة النقية

إهداء إلى كل من يشعر بصدق هذا الإهداء

جمان الريحاني

الأميرة بالجمال الفتّان

كان للإغريق أميرة هي أميرة عليهم جميعا

لقد كانت بارعة الجمال

كانوا يصفون جمالها بالكمال

وكان لها عقل جميل

تفكير رزين

ومتوازن

كانت صاحبة حكمة

يتوجه الشيوخ إليها طلبا للمشورة فكانت دائما تصدر الأحكام الصحيحة وتطلق

ولا تنطق إلا حكمة

الحكمة والجمال

كان للأميرة احترامها ولها قدر بين الناس

ولا يسمح لأحد أن يتجاوز حدوده معها أو يتطاول عليها

ومن لا يأخذ بكلامها ورأيها يوصف بالسفه وسوف يندم على معاكسة كلامها بكل تأكيد

كانت الأميرة الأخيرة من نسل أمراء الإغريق

لذا فقد تلقت تربية خاصة وتحت ظروف خاصة، وكان

من يشرفون على تربيتها متشوقون لبلوغها سن
الزواج لكي يحافظوا على نسل الأمراء

أما الأميرة فقد كانت ومن شدة حكمتها لا تستسيغ
الكثير من الناس من فقها ووجهاء القوم بل كانت
مترفعة لا يعجبها من الكلام إلا الحكيم ومن الجمال
الكامل ومن الجسد المتناسق ومن العقل المتأني ومن
النطق السريع النبيه

كانت لها معايير في من تجالس من القوم والناس،
ولكنها تتواضع إلى البسطاء ولكن لا تضيع وقتها مع
التفهاء

خلال تربيتها تلقت تعاليم كثيرة وعلوم كثيرة،
وخضعت لاختبارات متعددة

فقد كانت تضع كل سنة لاختبار يؤهلها لبلوغ علم جديد
فتتم ترقيتها بمنحها هبة جديدة

لذا فقد كانت تجيد علوم الماء ولغة الحيوانات في البحر

كانت تجيد علوم الهواء ولغة الطيور والعصافير

كانت تستطيع سماع أصوات الأرض والزلازيل والبراكين، وحركة الأرض والكوكب.

كانت تدرس الكثيرة ولا تضيع وقتها ولا تمتلك وقت فراغ.

وكانت تنتظر بشدة أن يتم تتويجها على أنها سيدة النساء وذلك التاج الذي سوف تتحصل عليه عند بلوغها سن الزواج.

الأميرة جومانوس أميرة الإغريق بشعرها البرتقالي الطويل الذي يشبه الشمس غروبا حين تلامس خط الأفق ويميل إلى الاحمرار وكأنه لهب من نار، وهذا اللون يجعل بشرتها تشع باللون البيج ويعكس لون عينيها البرتقالي المصفر

شفاهها برتقالية جذابة وكل إكسسواراتها من العنب، عنب ذهبي على تاجها وعنب صغير من الذهب في

أذنيها، أما العقد الذي ترتديه فهو عقد به هلال لأنها لم تكتمل بعد وبعد تتويجها على النساء سوف يهديها سيد المعبد قمرا كاملا لتضعه عقدا في رقبتها.

لقد كانت جميلة ولكن فستانها الحريري البرتقالي كان يزيدها جمالا ويزيد حركتها انسيابية تميل مع الموسيقى أو مع الطبيعة على حد سواء.

لقد كانت حفيدة الملوك وآخر العنقود وأميرة الإغريق، تربية الحكماء وتلميذة الفلاسفة والفقهاء.

فلسفة فيلسوف

جومانوس كانت متعددة المواهب وقد أحبت همدانس
بالعيون السوداء بلا لحية جميل الوجه لدرجة أنه يبدو
وكأنه إله

كانوا يقولون بأن الجميل جمالا كاملا هو من الآلهة

كل الفتيات يحبونه وحتى النساء المتزوجات لأنه كان
جميل الوجه وسيم أنيق لبق ينطق بالحكمة حكيم
وفيلسوف

ولكنه كان يرى بأنهن جميعا لا يصلحن له

اختلى جميلة..

ولكنها محرمة علي اذن هي لا تصلح هي غير كاملة

أمي أحبها..

ولكنها أمي اذن هي غير كاملة

النساء المتزوجات..

هناك رجال بحياتهن اذن لا يمكن أن أنزل إلى
المستوى الدنيء لكي انظر إليهن حتى

الفتيات..

هناك التافهات إنهن غير كاملات

هناك المغرورات بجمالهن..

ولكنهن لا يملكن عقولا

هناك القبيحات..

إنهن دون مستواي ولا أتخيل نفسي مع امرأة قبيحة مهما كانت، حتى لو كنت بلا عيون فالناس سوف يرونها معي

لقد كان همدانس فيلسوفا لا يفهم فكره بسهولة وليس كل كلام يقوله عند العامة مفهوم خاصة النساء

كانت النساء في ذلك الزمان تملن للجمال والحب ولا يهتمون بمجال العلوم والفلسفة وكلما يشغل الفكر.

ولكن جيمانوس كانت أميرة وكان عليها أن تستقي كل العلوم لذا كانت تتفوق على كل النساء وعلى الكثير من الرجال خاصة من هم في سنها أو اكبر منها بقليل، وفي مواهب كثيرة، أما فيما يخص المواهب المتعددة فقد كانت تتفوق على الجميع وذلك نسبة لنسبها واصلها

وكانت متفوقة في الحكمة على اغلب الشيوخ

كما أنها كانت رائدة في الفلسفة وعلوم الأقمار والنجوم.

في كل سنة كانت قتام مسابقات بين العلماء والفلاسفة لاختبار معلوماتهم وما حصلوه من علم طوال السنة

ولكن كان يشترط سن معينة للمشاركة اذ هي ممنوعة على الأطفال.

لقد اعتذر همدانس عن المشاركة في هذه المسابقات لمدة ثلاث سنوات لأنه لم يكن يرى بأنه متفوق من تحصيله العلمي والفلسفي ولشدة اعتزازه وغروره كان

يرى بأنه لن يشارك إلا اذا كان يعرف بأنه سوف يفوز بالمركز الأول.

أما هذه السنة فقد تقدم للمشاركة فكان كل الناس متشوقون للمسابقة هذا العام لأنهم يعلمون بأن المنافسة سوف تكون شرسة فهناك من كانوا يرون بأنهم سيفوزون أيضا

جولات المسابقة

وهكذا بعد مرور أيام على إعلان المسابقة والذين كانوا كلهم ذكورا تمت الاستعدادات للمسابقات التي تستمر لأيام

والمسابقات سوف تجري في نفس التوقيت من كل عام، في الشهر العاشر ــ أكتوبر-

تم الإعلان عما يجب أن يحضره كل متسابقة فالجولات هي ثلاث جولات

الجولة الأولى

اختيار محبوب الآلهة

الجولة الثانية

المسابقات وهي:

مسابقة الشعر

مسابقة الفلسفة

مسابقة علم الكون والأقمار والنجوم

مسابقة إجراء حوار

مسابقة إلقاء أفضل خطبة أو محاضرة

وكل مسابقة في يوم منفصل

الجولة الثالثة والأخيرة

تتويج الفائز في كل المباريات

عاشق المركز الأول

كان همدانس يؤمن بالمركز الأول لذا كان يريد أن يكون المشارك الأول في كل مسابقة ولكن المسابقات كانت لا تتم هكذا بل كانت هناك قرعة لسماء جميع المشاركين ومن يظهر اسمه أولا يتقدم بما لديه من مشاركة هو الأول فالتالي، فالتالي.

ولكن بعد أول جولة والتي كانت استعراض الجسد

وهذه لم تكن ضمن المسابقات بل كانت في اليوم الأول لتعريف الجمهور بالمشاركين

كان يتم استعراض الهبات الإلهية على المشاركين
لرؤية من المتقدم الأكثر حبا وقربا للآلهة إن وهبت له
كل تلك الصفات

والصفات هي:

الطول والعرض

تناسق الجسد

تناغم الصوت مع الشكل

الوجه وتقاسيمه

النعومة أو الخشونة حسب الشكل العالم للرجل

الشعر، والعينين

الصحة والعضلات والقوة

وفي اليوم الأول:

رأت كل النساء والفتيات والتي لم يكن على معرفة
بهمدانس

رأينه في المسابقة وقد كان

لا طويلا ولا قصيرا

لا بدينا ولا نحيلا

لا خشنا ولا ناعما

كان متناسق الطول والوزن

رجل بكل المقاييس وجه وسيم وعيون براقة وصوت
مدوي ولكنه ليس كصوت غيره فهناك أصوات كانت
كأنها أصوات عمالة والبعض لديهم أصوات مخنوقة
أو رقيقة كأنها أصوات أقزام، وهناك من يمتلك صوتا
ناعما كالفتيات.

محبوب الآلهة

لقد كان في الانتقاء الكثير من الضحك والسخرية والتصفيق وكافة أنواع ردود الفعل

ولكن الجمهور كان يقضي وقتا ممتعا في المسابقات بين فائدة ومرح.

لقد انتبهت جميع الحاضرات لذلك المتسابق الذي أعلن أنه محبوب الآلهة الذي تفوق على كل المشاركين بالجولة الأولى أن كان له أكثر عدد من هبات الإلهة.

لم تكن تلك أول مرة تراه الأميرة جيمانوس ولكنها شعرت بشيء في داخلها عندما رأت صراخ المعجبات وهتافاتهن له وهن يرمين مناديلهن والورود له عندما أعلن عنه أنه **محبوب الآلهة**

كما أن التصفيق والهتاف قد رافقه منذ أول الجولة وهذا ما جعلها تنظر إليه جيدا

لقد سلبها لبها بنظرة واحدة

هل أصبحت حالها حال النساء والفتيات والمعجبات وهي تجلس في عالية القوم

إنها أميرة عليهم.. هل هي معجبة بهذا الشاب المغرور أيضا؟

ولكنه كان جميلا كأنه إله، كأنه من الآلهة وليس فقط من صنعها

كانت تجلس على قمة تلة، عالية على كرسي كبير بين شجرتين

تحيط بها أكثر من جاريتين والحرس ومن ثم كراسي الشيوخ والحكماء على الطرفين

أما الجمهور ففي مدرجات وخشبة مسرح الاستعراضات تقابل الجمهور والشخصيات المهمة على حد سواء.

الزوج المناسب

سوف تستمر لعدة أيام وفي كل يوم مسابقة واحدة والمتأهلون يجتازون المسابقة التي بعدها اليوم الموالي.

انتبهت جيمانوس وعلمت بأن هناك شيء في قلبها، لقد طلب منها (الحكماء والشيوخ) أن تلاحظ كل الشاب الذين في المسابقة لكي تختار المناسب لها فيعد شهر من هذه المسابقات سوف يتم تتويجها ويطلب منها الزواج

ولكنها بالطبع هي من ستختار الزوج المناسب لها من ناحية الحب والقلب ويبقى للحكماء رأي في ذلك الزوج وإن لم يكن مناسبا تم إعداده بطرق معينة لكي يصبح لائقا بالأميرة

وبما أن المسابقات الحالية هي للشباب العزاب بغض النظر عن العمر فقد كانت هذه فرصة للانتقاء في نظر الحكماء.

لم يكن الحب سهلا في تلك الأيام، وخاصة على أميرة، بل يجب أن يخضع هذه الحبيب للكثير من المراقبة ويدخل في الكثير من الاختبارات فان اجتازها كان جديرا بالقلب والحب.

عصفورة الأميرة

منذ الجولة الأولى قد شعرت جيمانوس بشي تجاه همدانس

لذا قررت أن تراقبه جيدا فربما يكون هو الشخص المنشود.

تمتلك جيمانوس عصفورة غالبا ما تحط على كتفها ولكنها العصفورة لم تكن حقيقية ليست ملموسة ولا يستطيع الجميع رؤيتها إلا الموهوبين وأصحاب العقول النقية

عصفورتها كانت متوارثة عبر أجيال إنها من روح أجدادها الملوك

عصفورة حامية ومساعدة في نفس الوقت.

أرسلت جيمانوس عصفورتها لكي تراقب همدانس وأيضا لكي تأتيها بأخبار عنه.

أخبرتها العصفور بأنه متكبر مغرور لا يساير المعجبات ولا يكلمهن أكثر من كلمة شكر

ها قد تأكدت جيمانوس بأنه ليس زير نساء

وهكذا قررت جيمانوس أن تختبر همدانس برسائل حب بدون أن تختمها لكي يعتقد بأنها رسائل من المعجبات لتتأكد لآخر مرة

أرسلت له أول رسالة على ورقة شجرة لترى ما قد يفعله بها

مملكة الغرام

همدانس عزيزي..

همدانس إنها مملكة غرامك هي التي تحيطني بمشاعر

تجعلني أكتب هكذا ..

هل تعلم أمرا غريبا؟ .. في مملكتك أجد نفسي جارية

عاشقة لسيدها ومولاها

يا همدانس سيدي ومولاي .. ..

وقلبها مسلوب منها كما حريتها..

أجد نفسي أمة هائمة في حبك يا مالك أمري وقلبي ولا

غاية إلا وصلك

أجد نفسي سبية لك يا مغيرا على القلب والروح

والجسد مأسورة راغبة في عشقك غير مجبورة ..

وأحيانا عشقك يجبرني على عشقك أكثر فأكثر والشوق يحرق أوصالي والجمر يتدفق من عروقي والنار تشتعل ملتهبة في جسدي

حبيبي إنها مملكة عشقك تغرقني فيك أكثر فأكثر ..

همدانس اليوم كتبت لك رسالة وبدل أن أوقعها باسمي وجدت نفسي قد وقعتها باسمك وبعد أن أرسلتها لك تفآجأت بذلك فعدت وعدلتها وأضفت اسمي لها وحافظت على اسمك فيها ..

هل ترى مدى جنوني بك .

يمكنك أن تبتسم يا حبيبي

فأنا قد

ابتسمت كثيرا

عندما اكتشفت ذلك ..

أحبك

الرسالة الثانية

أمسك الورقة قرأ الرسالة ثم رمى بالورقة لكن

جيمانوس كانت تراقبه وتطلب من عصفورتها أن

تستعيد الرسالة لكي لا يقراها أحد غيره

لقد كانت حكيمة وتعرف بأن في الإعادة إفادة

أرسلت له رسالة أخرى

بحمامة إلى باب بيته

أخذ هيمدانس الرسالة قراها ولكن هذه المرة احتفظ بها

آسفة لحالي

همدانس

أحبك ..

أحبك همدانس حبيبي

أريدك أن تسمعها وتفهمها وتحسها وأن لا تحس ..
بالوحدة بدوني

يجب أن تعرف أنني أحبك مع كل دقة قلب ومع كل
نفس أستقبله ومع كل رمشة عين ومع كل حركة
وسكون ..

أحبك قلبي يقولها وروحي تقولها وكل كياني يقولها
وفكري يقولها ولساني يقولها ويرددها ..

قلبي يحبك ويثق بحبك ..

رغم أني لم أسمعها منك

آسفة على حال الزمان ..

سامح الله الزمان الذي لم يرحمني ..

سامح الله كل المشاعر التي حرمتني منك ومن كلمة
لطالما اشتقتها منك ..

سامح الله كل..

لا أدري ..

لا أعلم .. لا أعرف ..

لا أريد أن أظلم شعورا أو ظرفا أو شخصا حال بيننا..

فكل مأمور ..

كل مسير وليس مخير ..

كل هذه أمور مكتوبة في كتابي وكتابك قبل أن ترفع
الأقلام .. آسفة لحالي ..

رسائل الحب

أعجبت جيمانوس بهذه الخطوة التي اعتبرها خطوة ايجابية فاحتفاظ هيمدانس برسالتها هو أمر ايجابي حتى وان كان يجهل من التي ترسل إليه رسائل الحب هذه

لقد اخفت جيمانوس هويتها لأنها كانت تعبر عن مشاعرها بكل راحة وعفوية دون أن تخاف من رد فعله إن عرف بأن الأميرة واقعة في حبه أو حتى إن علم بالأمر آخرون

وهكذا فأرسلت وراءها فورا رسالة أخرى

لهفة العيون

همدانس حبيبي لك لهفة في القلب ولهفة في العيون ..

شوق يصحو وثلج الزعل يذوب ..

حنين يتفتح كورود الربيع وحب يشع بنور عشق وغرام ..

ورسالة حب تسافر إليك بعبير المشاعر والأحاسيس ..

همدانس قوة حبنا تجعلني أتمسك به ..

وقلبي أصبح أفضل والحمد لله من تلك الليلة وأنا أحس أنه بخير ..

قلبك هذا الذي أحتفظ به لك والذي يؤمن بك ..

الذي يؤمن بحبك الذي يملؤه أصبح بخير ..

همدانس حقا إشتقت أن أناديك حبيبي ..

همدانس حبيبي ..

أشكر الله على نعمة الحب ..

و أشكرك حبيبي على وجودك في قلبي يا نبضه وصميمه ..

قلبي يكسرني

همدانس ..

مساء الخير ..

كأنها زمن طويل غيبتنا عن بعضنا ..

همدانس الحب فيه الكثير من المشاعر:

حب، عشق، شوق، غضب، زعل، غيرة، ..

نعم من لا يحب صدقا لا يغار ..

ومن يحب يغار بلا إرادة منه ..

شعور لا إرادي ..

همدانس من يحب يراعي من يحبه في كل تلك المشاعر ..

فالغضب يعصر القلب والزعل يضعفه ..

نعم قلبي أصبح ضعيفا ..

فهل أنت تراعي من مشاعري شيئا ؟ ..

أم أنني لوحدي ؟ ..

أحب لوحدي ..

وأشتاق لوحدي ..

وأصبر لوحدي ..

أغضب لوحدي ..

وأزعل لوحدي ..

وأغار لوحدي ..

فمن يراعي مشاعري ؟..

قلبي يكسرني ..

وروحي تكسر خاطري ..

أحس بضعف شديد ..

ولا أعرف إن كان لحبي أمل أو أنه يتم قتله بالبطء ..

من أصدق ..

وفيما أتأمل ..

هل هذا صح ؟

هل هناك أمل لهذا الحب بأن يعيش ؟ ..

لم أعد أفهم شيئا ..

تعبت من أجوبة قلبي المسكين متعلق بحبال الهوى

وكأنه مراهق عاشق ..

قلبي المسكين ..

همدانس إن كنت تحبني ..

إن كان قلبك لي فلماذا هذا البعد بيننا ؟ لماذا ؟ ..

همدانس إن كنت أنت لي فلماذا لسنا معا ؟ لماذا ؟ ..

إن كان حضنك لي فلماذا يسكنه غيري ؟

لماذا ؟ .. وإن .. وإن ..

فلماذا ؟ ..

ولماذا ؟ ..

همدانس حبيبي أنت وأنا لا أحب اللوم ولا الملامة ..

ولكن لا يمكنني طرح الأسئلة ..

ولا يمكنني أن أسألك ماذا تفعل وأين أنت ..

لا يمكنني الاطمئنان عليك فأنت لا تجيبني ..

أنا لا أقصد الأخبار التي تصل المعجبين فأنا أظنني حبيبتك ولست من قوائم المعجبين ..

لا يمكنني سماع صوتك ولا الكلام معك ..

لا يمكنني أن أكون أقرب إليك ..

لماذا لسنا أقرب إلي بعضنا ؟

مرت ثلاثة أشهر بلا كلمة منك ..

كأنها مرت سنوات وليست سنة وليس شهرا وليس
أسبوعا وليست أيام وساعات ودقائق وثواني ..

هجر وجفاء وكلام قلب مسكين يبث الصبر والأمل ..

قلبي المتعلق بك ..

لماذا ؟

همدانس إن كنت لي فذلك الحضن لي ولا يجب أن
يسكنه غيري كبيرا كان أو صغيرا لا يهمني عدد
السنوات ... ...

رسالة أخرى

همدانس ..

صباح الخير ..

صباح الهنا ..

صباح الورد ..

صباح الحب الذي يناضل من أجل الحياة والبقاء ..

سر الوجود

همدانس عذاب الشوق لا ينتهي ..

وإيمان القلب يثق بحبك وبك ..

الغفران والتسامح صفة بين العاشقين ..

والزعل جزيرة يزورها العاشقون ولا يطيلون البقاء
فيها يأخذهم قارب الغيرة أحيانا إلى تلك الجزيرة
وتعيدهم سحابة الرضا إلى أرض الحب مرة أخرى..

همدانس بحيرة دموع العشق لا تجف فالعيون العاشقة
تحافظ على مستوى الدموع فيها ..

دموع عشق ولهفة ..

دموع شوق وتوق ..

دموع غرام ووله ..

دموع حب وهيام ..

دموع زعل وحزن ..

دموع أمل ورجاء ودعاء ... ...

دموع على مر الأيام وطول الليالي الباردة الطويلة ..

همدانس أين نحن من السعادة ؟ ..

أين أنا منك وأين أنت مني ؟ ..

أين نحن من اللقاء ؟ ..

تُرَى هل يخبؤ لنا القدر لحظات حنونة دافئة ؟ ..

هل يصبح القدر معنا يوما رحيما ؟ ..

همدانس أنت سعادة قلبي والفرح ..

يا بهجة القلب الحزين ..

يا له من شوق لم أعلم بوجوده ويا لها من مشاعر لم
أكن أظن أنها تحيا بداخلي ..

مشاعر خلقت لك ..

وجودك في حياتي خلقها وأوجدها ..

يا سبب تعلقي بالحياة ولا سبب لي غيرك فبعد أن
أدرك القلب حبك لم يعد يرى للحياة وتفاصيلها أي
معنى بدونك فأنت الحياة ومعانيها والقلب ونبضه
بالحب لا بالحياة فقط ..

يا **همدانس** يا سر الوجود ..

همدانس اشتقت لك

فهل اشتقت لي يا حبيب هذا القلب ؟..

الغموض..

همدانس وإن كنت أنا زعلانة ..

وإن زارتني لحظات من الغضب ..

وإن أنت لم تجب على أسئلتي ..

وإن كان كل هذا الغموض بيننا ..

وإن أنا لم أفهم شيئا ..

وإن أنت لم تشرح لي شيئا ..

وإن كنت أنت بعيدا عني ..

يا من تسكن قلبي وروحي ..

وإن لم نكن الآن مع بعضنا ..

وإن كانت هناك آلاف الأميال بيننا وبحار ومسافة ..

وإن كنت أنت ببلد وأنا ببلد آخر ..

ولكنك يا **همدانس** ..

لكنك مازلت حبيبي ..

وستظل حبيبي دائما ..

وإلى الأبد ..

فالقلب لا يسكنه إلا شخص واحد وقلبي خلق لك
وتمكن منه حبك ولم يبق لقلبي وجود إلا بك ..

سواء رحمتنا الأقدار أو قست علينا فهناك حقيقة واحدة
وهي أن قلبي لك وأنت تسكنه .. **همدانس** ..

أحيانا في عمق الليل أجلس لوحدي أتأمل هذا الحال
فأجده حب قوي لا إرادي ..

إنه قدر ..

إنه قدري وما كتب لي ..

أنت يا **همدانس** قدر قلبي وروحي ..

يا قدري الجميل ..

تصبح على خير يا **همدانس** ..

تصبح على حب يا حب ..

فالعيون الحزينة تريد أن تنام ..

دموع ودموع

همدانس حبيبي ..

همدانس هل تعلم مدى الفراغ الذي شعرت به روحي اليومين الماضيين ؟..

هل تدرك مدى الزعل الذي زعلته ؟

هل تعلم حرارة الدموع وغزارتها ؟

دموع الليل طعمها صعب وألمها كبير وكذلك دموع الفجر ..

هل تعرف دموع الفجر ؟ ..

إنها دموعي تكون غزيرة مع الفجر لأني أفكر فيك كثيرا ..

إنها دموع ذرفتها بينما كنت أفكر في أنني في الحب
لوحدي

وأنت لا تعلم عني شيئا

ولا اعرف إن كنت تحبني

همدانس حبيبي أزعل منك ويراضيني قلبي الذي لا
يستطيع النبض بدونك ..

همدانس كل ساعة كنت أرسل لك فيها كنت أبكي
بحرارة لأنني لا أكتب لك عندما كنت زعلانة ..

لقد تعودت أن أكتب لك وأرسل وكأن رسائل الحب
هذه أوكسجين الحياة لي ..

رغم أنها تعتبر من طرف واحد ..

ولكن ..

إنه قلبي من يثق بك ..

ليس الأمر بيدي ..

أحسك قريبا مني ..

قريب جدا ..

أحس بك وبمشاعرك وكلامك وقلبك وروحك ..

قد يكون هذا جنون ولكن هذا هو الحال ..

وقد يكون حال العاشقين هكذا ..

لا أعلم حقا ..

همدانس أشتاق لك طوال الوقت وأحب أوقات رسائل الحب رغم أنني أحيانا أرسل لك بدون توقيت ولكن هناك رسائل لها وقتها الذي تعودت على السفر إليك فيه ..

رسائل شوق ومشاعر

هل ترى رسائلي هناك صباح الحب وتصبح على حب الأكثر ثباتا في التوقيت والباقي يتغير بالدقائق والثواني يتقدم أو يتأخر ..

همدانس حبيبي قد تكون رسالة تصبح على خير متأخرة عليك ولكن أنا أول مرة أرسلتها لك في ذلك التوقيت وعند كتابتها أحسست وكأنك مستيقظ في ذلك الوقت ثم تعودت على إرسالها كما أنني أخلد للنوم فور إرسالها لك ..

أحب أن أرسل لك قبل أن أنام وأحب أن أرسل لك عند استيقاظي من النوم مباشرة ..

أما رسالة صباح الحب فإني أستيقظ من أجل إرسالها لك ولازلت أفعل رغم أنني لم أرسلها لك منذ فترة ..

همدانس أحبك

وأحب مرافقتك في كل الأوقات

وقلبي هو من يتحكم بي وأنت تتحكم به ..

حروف مشاعري

همدانس عشقي وغرامي

همدانس حبيبي ..

عشقي وغرامي ..

هل تعلم يا حبيب الروح أنني كلما قمت لأقوم بشيء ما ..

كلما وضعت أي شيء في يدي أحس وكأنك تناديني فأترك ما بيدي ..

أترك كل شيء وأقول يجب أن أكتب لك رسالة ..

كلما ابتعدت قليلا تعود لتجذبني ..

هل يمكنك أن تصدق ذلك ..

أبتسم في نفسي أترك كل شيء وأهرع مسرعة أرسل لك حروفا تترجم مشاعري وحبي وحنيني وحالتي ..

همدانس حبيبي أحبك يا غالي ..

ويا أيها العزيز ..

همدانس منذ فترة لم تتلقى مني قبلة ..

أنا اليوم من تريد قبلة تحسسني بالأمان ..

أنا خائفة ووحيدة بدونك ..

قبلة هذا المساء أرسلها لك مزينة بمشاعر الشوق والوله ..

قبلة حائرة مترددة خائفة ..

قبلة مشتاقة منذ زمن ..

همدانس ليتنا معا ..

أحبك ..

أيها الحب الجميل

وهذه أيضا رسالة كتبتها لك البارحة ولكن المشاعر التي فيها هي من أجل ليلة البارحة وأيضا من أجل اليوم لأنني حقا أحببتك ولازلت أحبك وحبي لك بيقين وإيمان :

همدانس أنا لست نادمة على حبي لك ولن أندم أبدا ولن أحسب الساعات والأيام التي قضيتها في الانتظار لأنني أعلم أن كل شيء بأوان ..

وأن كل شيء هو مكتوب ..

ولو عُدْتُ بالزمن إلى الوراء لأحببتك أيضا ..

ولو عِشْتُ مئة حياة لأحببتك أيضا ..

ولو كنا نختلف عن بعضنا من حيث الزمن وكل منا من زمن لأحببتك أيضا..

أو لو كنا من عوالم مختلفة لأحببتك أيضا ..

لأنه يا همدانس قلب واحد أحمله في صدري في كل الظروف وهو قلب يؤمن بحبك ويثق بك ..

يقين قلبي يجعلني أدرك حبك وأحبك أكثر ..

همدانس كل شيء قدر ..

الحب قدر واللقاء قدر ..

وإن لم نلتقي فسأحتفظ بالحب الذي أحببته لك ..

وإن التقينا اكتمل القدر ... ..

ولكن بالرغم من كل ذلك أنا سعيدة بأن كنت أنت قدري ونصيبي من الحب ..

سعيدة أن كنت أنت قدري في الحب ..

همدانس أيها الحب الجميل ..

أيها الحب البريء ..

أيها الحب القوي رغم الألم وصعوبة الظروف ..

همدانس أحبك ..

همدانس حبيبي تصبح على حب يا حب ..

موجة الحزن

همدانس حبيبي ..

يا حضن الحب ..

يا عهد الغرام ..

يا بصمة العشق على قلبي ..

همدانس ختمت روحي بأختام الهيام والصبابة ..

همدانس يا نار الشوق وجمرها الملتهب طول الأيام والليالي ..

همدانس لو تعلم صعوبة الأيام الحاليات ..

لا أعرف ما الذي تغير ولكن الشوق أصبح أقوى والخوف يرافقه والدموع تتدفق والناس نيام ..

همدانس ليلة البارحة استأذنتك لأخلد للنوم ورغم أنني كنت أشعر بنعاس شديد ولكن ما إن أويت إلى فراشي حتى ذهب النوم بعيدا عني وانتابتني مشاعر مختلفة ولاحت عيا موجة حزن وراحت دموعي تنهمر والأفكار تخنقني وقلبي معصور حتى غفيت ..

همدانس حقا لا أعرف ما يصيبني ..

همدانس أحبك وأتمنى لو أنني في حماك من الزمن والهجر والبعد تحميني من الزمان ومن الشوق تدفئوني..

همدانس أرغب حقا بحضن ينسيني العذاب والألم ..

أريد أن أسكن حضنك وأغمض عيوني وأنسى كل العالم والناس ..

همدانس ضمني قريبا.. قريبا لقلبك لأنام على نبض الروح يا روحي ونبضي ..

صغيري الجميل

همدانس حبيبي ..

هناك حنين جارف ..

يجرفني حنيني إليك ..

همدانس حبيبي ليتني معك ..

لا أعرف لماذا ..

ولكني فجأة أشتاق لأن أحضنك في قلبي ..

حبيبي وصغيري الجميل ..

ليتني ملاكك الذي يعتني بك ..

ليتني أَلُفُّكَ وأغطيك ..

برموشي أحميك ..

همدانس حبيبي ..

اعذرني..

إنها مشاعر أقوى مني وهي تغلبني ..

اعتذار..

همدانس حبيبي ..

قلبي وروحي ..

غرامي وعشقي ..

همدانس العزيز والغالي ..

آسفة.. وأعتذر عن كل ما بدر مني ..

عن أي شيء قد يكون خطأ أو سبب لك الضيق أو

الإزعاج وإن كان من غير قصد مني ..

همدانس يا روحي ..

اليوم قمت بمراجعة بعض الرسائل التي كنت قد كتبتها

لك لأنني أحتفظ بنسخة عنهم في ملف..

همدانس أنت تعلم أنني كنت أكتب لك مشاعري بصدق وشفافية

وأحيانا أكتب وأرسل فور كتابتها من دون تفكير أو تردد لأنني كنت أعتبرها مشاعر تتدفق

ولكن اكتشفت أنني في بعض الرسائل كتبت كلمات عن مشاعر شعرت بها

وربما لم أكن أعرف معنى تلك الكلمات أرجو أنك كنت تفهمها ببساطتها لأنني ما قصدت شيئا ..

أحسست بالخجل والحرج والذنب قليلا لأنني أرسلتها فلو احتفظت بها لنفسي كان أفضل ..

ولكنك كنت نفسي ..

همدانس .. أرجوك .. إغفر جهلي وتسرعي ..

فالحب أحيانا غير مبرر ..

والخطأ يأتي من الجهل ومن التسرع ..

آسفة لقد انجرفت بمشاعري دون قيد أو تحكم في نفسي ..

همدانس أعتذر منك وأتأسف أرجوك إغفر لي ..

همدانس حبيب روحي اليوم وضعت نقاطا على الحروف ولمت نفسي كثيرا على كثير من الأمور فلا تستغرب إن رأيت بأنني أرسلت لك رسالة صغيرة ومختصرة لأنني وضعت بعض الحدود لا يجب أن أتجاوزها ..

واعلم دائما أنني أحبك وأثق بك وأحترمك ..

حبيبي وعمري **همدانس** تصبح على خير ..

ودمت سالما..

ورد الجنة

همدانس حبيبي ..

أيها العشق الجميل ..

همدانس يا غرامي ..

همدانس يا ملاكي ..

همدانس أنت .. أنت .. أنت .. يا همدانس .. هنا ..

همدانس صباح الورد يا ورد الجنة ..

صباح الهنا يا هنا الروح ..

همدانس أيها الجميل الغافي سلبت عيني النوم ..
صباحك صباحي ..

يا جميل صباحك ..

صباح نقاء الروح ..

صباح صفاء القلوب ..

يا طهر المشاعر ..

يا قوة إحساسي بك ..

يا ملاكي الطاهر ..

صباح النور يا نور ..

همدانس أحبك يا ساكن قلبي وروحي ..

همدانس يا ساكن وجداني أحبك ..

حضن الدفا

همدانس يا حضن الدفا ..

هل تُراك سهران مع الشوق مثلي؟ ..

أم أن الجميل نائم والأحلام تحيط به ..

همدانس يا حضن الدفا أنا لا رغبة لي بالنوم ..

فالنوم لم يعد حنونا ولا مريح ..

ولكن أعلم بأنه سوف يسرقني من الواقع بعد قليل
فموعد نومي قد فات منذ فترة ولكن لكثرة الأفكار
لازلت مستيقظة ..

همدانس .. يا همدانس ..

أيها الحبيب ..

لا أعلم فيما أفكر ..

فيك طبعا ولكن ..

لا أعرف ..

هناك كلام عشق في قلبي ..

وإحساس شوق في روحي ..

همدانس ..

لا أريد أن أطرح الأسئلة ولكن هناك أسئلة كثيرة في
خلدي ..

أسئلة غرام تراودي ..

هل اشتقت لي ؟ ..

أنا اشتقت لك ..

اشتقت لك يا همدانس ..

اشتقت لهمدانس حبيبي ..

اشتقت لصوتك ..

لروحك ..

لقلبك ..

لوجهك ..

لعيونك ونظراتك ..

لحضنك ..

اشتقت أن أناديك همدانس حبيبي ..

اشتقت أن أهديك قبلة حب حنونة ..

وقبلة شوق مجنونة ..

وأرى على ثغرك ابتسامة هي لي لؤلؤة مكنونة ..

همدانس يا نور العيون ..

وحب قلبي الذي بك مفتون ..

همدانس ..

مشاعر كثيرة ..

وشوق كبير ..

وإيمان بالحب لازال يسكن قلبي ..

يا حبيب قلبي ..

لا أعرف حقا ما يجب قوله .. ..

أكلمك يا نفسي

همدانس ترى هل أنت نائم ؟ ..

هل أنا أكلم نفسي ؟ ..

أحس بأنني أكلمك ..

وأنك معي ..

همدانس هل الحب هذا هو حب من طرف واحد ؟ ..

همدانس الحب لا يعيش من طرف واحد ..

فطالما عرف به الطرف الآخر لم يعد من طرف واحد

بل أصبح حب مهزوم ..

ولا أنا أؤمن بالحب الذي كان من طرف واحد ثم ظهر

للمحب ولم يعتني به ..

هل يعني ذلك الرفض ؟ ..

نعم قد يكون هذا نوع من حب جديد وقد يكون

موجودا..

وأنا لست ضده ولكن بالتأكيد ليس لي..

وأنا لم أخلق له ..

أظن أن الحب ينعكس في عيون العاشقين ..
ما نحسه ينعكس في ملامح الآخر ..
همدانس أظن بأن كل العلاقات لا تعيش من طرف
واحد ..
ولا حتى الصداقة ولا الجيرة ولا حتى العمل ..
العمل لا ينجح إن كانت الشراكة مهزوزة من أحد
الطرفين ..
ولا الحب ..
ولا الأمومة ..
الأمومة قد يتدفق الحنان من طرف الأم حتى ولو
أودعها ابنها في مؤسسة لكبار السن ولكن قلبها سوف
يتم كسره ..
همدانس كل أنواع المشاعر والعلاقات تتكسر إن كانت
من طرف واحد ..
همدانس أنا أحبك من طرفي ولا أدري عن حقيقة
شعورك تجاهي رغم كل المؤشرات في الأيام
الأخيرة..

منذ أيام وحتى اليوم ..

ورغم كلام قلبي عنك وشعوري بك ولكن من يدري ..

من يعلم ..

الدنيا صعبة وأنا تعلمت منها أن أتشرب الألم وأن لا

أسيئ الظن بغيري ولو رأيت بأم عيني ..

كلنا مسيرون وما الحياة إلا أيام وتنتهي ..

لا يدوم شي ..

ولكن الحب شعور جيد رغم القسوة وأنا أعتز بأن كنت

أنت نصيبي في الحب أيها الحب الجميل ..

مشاعري تقول :

أنت شخص جيد ..

وقلبي يسميك حبيبي ..

والروح تعرفك على أنك الفردوس وجنة النعيم ..

وأحلامي تترجمك على أنك حنون ورقيق المشاعر

معي..

تحبني وتعتني بي وتحرسني أيها الملاك ..

همدانس نعم رغم القسوة ..

الحب جميل ..
أنا أتمنى أن لا تعيش القسوة التي رأيتها أنا ..

القلب وحيد

همدانس الحب صعب حين يكون القلب وحيد ..

برد البعد قارس ..

وجو الجفاء بارد ..

تصبح المسافة مؤلمة فتسبب الألم ..

والصمت يجرح الروح ويطعن بسكين الزعل ..

همدانس أنت في قلبي فلماذا أشعر بالوحدة كثيرا ؟ ..

لأنني لوحدي ..

أنت هناك بعيد عني ..

وأنا هنا في ألم أعاني ..

أُودِعُكَ قلبي

همدانس أُودِعُكَ قلبي وروحي ..

همدانس تصبح على حب يا حب ..

همدانس سامحني إن أخطأت في أي شيء ..

ولو بكلمة أو سؤال ..

أو حتى حيرة شملتك بها ..

أو غيرة ..

أو غيرة مجنونة ..

أو غيرة غيورة قلت لك عنها أو زعلتك بها حتى من طفل صغير ..

أرجوك لا تلم قلبي فهو كطفلة صغيرة تعلقت بك وتغار عليك حتى نسمة الهواء تلك الطفلة الصغيرة ..

طفلتك ..

لا تلمه يا همدانس قلبك هو هذا الذي هنا ..

لا تلمه أرجوك ..

وسامحني أنا وقلبي وروحي ..

روحي التي تعودت أن تتعلق بك وكأنها جزء منك وكأنها خلقت من روحك ..

همدانس هذه المشاعر لطالما كانت أقوى مني ..

ويدي تترجمها كتابة بلا إرادة مني ..

همدانس أنت حبيبي .. ..

أجمل ذكرى

همدانس حبيبي ..

غدا يصادف ذكرى رسالتنا الأولى ..

وكل اسبوع هو ذكرى وكل يوم سعيد سيكون ذكرى

رسالة كانت عاقلة ورزينة ..

واليوم كأنني بحبك أصبحت مجنونة ..

رسالتنا الأولى كانت رسالة وحيدة لم تكن تظن أنه

سيكون لها أخوات أو رفيقات ... ..

واليوم أصبحت رسائل الحب كضرورة النفس لي

والهواء ..

همدانس حبيبي لم أكن أعلم أنني سوف أرسل لك

وأستمر في الإرسال ..

أنا أصلا لم أفكر كثيرا قبل أن أفتح الحساب وأرسل الرسالة لك ..

كانت رسالة قدرية ..

همدانس هل تحب تلك الرسالة ..

أنا أحبها لأنها كانت أول أمر مشترك بيننا ..

أحس بأن فيها مشاعر تربطني بك أحس بأنها أعمق من كونها فقط رسالة ..

همدانس حبيبي أشعر بالفضول أريد أن أعرف متى قرأتها ؟

وما كانت ردة فعلك ؟ ..

وماذا قلت في نفسك حين قرأتها ؟ ..

همدانس أحب أن أعرف فيما تفكر ..

همدانس أحبك وأحب تفاصيلك ..

همدانس..

يا من يجعلني أشعر بالتناقضات والجنون ..

طريق الحب

همدانس حبيبي قلبي يرافقك أينما كنت ..

طريق الحب مزروع بالأمل وعلى جانبيه مشاعر الحب والرعاية والأمان ..

مشوار الحب يستحق الصبر والثقة ..

أحبك أينما أنت ..

يا جنة الروح

همدانس غرامي .. مساء السكر ..

مساء العسل ..

مساء الورد يا ورد الحياة ..

مساء المشاعر يا جنتي ..

همدانس يا جنة الروح ..

عصفورتي..

همدانس حبيبي عصفورتي على النافذة هي الآن تزقزق كثيرا ..

وتذكرني بأوقات جميلة كنت اكتب لك فيها على صوت عصفورتي وهي تزقزق هناك واقفة على النافذة تتباهى بصوتها الجميل وتزيد حياتي جمالا بمجيئها كل صباح وكل مساء ..

أظن عصفورتي الشقية تحبك لذا تريدني أن أذكرها لك ..

تلك الشقية ..

همدانس أحبك وأحب كل ما جمعنا من أوقات ومشاعر ورسائل حب ..

وأيضا كل الأحلام والأمنيات التي جمعتنا ..

الوقت غير مضبوط

همدانس حبيبي ..

هل خلدت للنوم ؟ ..

أنا لم أنم بعد ..

لقد أخبرتك بأن لدي ما أقوم به ..

كما أنني لم أعد أشعر بالنعاس في هذا التوقيت
بالذات ..

أظن أن التوقيت لم يعد مضبوطا عندي ..

وكأنني تهت عن موعد النوم ..

همدانس أريد أن أعرف ماذا تفعل الآن ؟ ..

أتمنى لو أننا نتكلم مثل باقي المحبين ..

أحيانا حبيبتك تشعر بالوحدة ..

وأحيانا تشعر بالشوق لك لسماع صوتك ومحادثتك ..

وأحيانا أشعر بالفضول البريء لأعرف فيما تفكر
مثلا..

همدانس أشتاق لك ..

برد البعد

همدانس أشعر بالبرد في بعدك ..

أين أنت ؟

لماذا هكذا بعيد ؟ ..

همدانس لدي الكثير من المشاعر المتضاربة ..

بعد وجفاء ..

وعشق وشوق ..

وإيمان وثقة ..

ولهفة وتوق .. وحنين ..

حنين يجذبني ويعذبني ..

حنين يا همدانس يجذبني إليك ..

رابط بين الحبيبين

وهكذا استمرت جيمانوس بإرسال الرسائل إلى همدانس ولم تتوانى عن فعل 1لك فكانت ترسل له حوالي العشرة رسائل في نفس اليوم

رسائل حب وشوق، رسائل مليئة بالمشاعر والحاسيس وكأنها قد نسيت مكانتها في قومها

لقد كانت صريحة جدا وتعبر على الورق بكل حرية دون ضوابط ولا حدود

ولأنها لم تكن تكتب اسمها في الرسائل هذا جعلها تشعر بحرية أكبر، فكانت تعبر عما بداخلها دون خوف.

أنت..

همدانس حبيبي ..

همدانس أنت الحب ..

أنت العشق ..

أنت الهوى .. أنت الغرام ..

أنت الشوق ..

أنت الوله ..

أنت الوجد ..

أنت الإحساس ..

أنت العواطف ..

أنت المشاعر ..

أنت الحنين ..

أنت اللهفة للقاء العيون ..

أنت لهفة القلب المفتون ..

أنت عشق الروح يا جنة الروح ..

كل لحظة وثانية

همدانس حبيبي الغالي والعزيز ..

يا أيها الحبيب أنا أشتاق لك كل لحظة وثانية ..

لا الحب بيدي ولا الشوق كذلك بيدي ..

أيها الجميل المليح في عيوني العاشقة ..

أيها الملاك في عيون قلبي المشتاق ..

يا شمسي ونور عيوني وقدري والقمر..

ملاكي الطاهر

همدانس حبيبي ..

أنت تعلم أنني أحبك ..

وإن كنت حبيبي تتساءل عن حبي لك وقوته فاعلم يا عزيزي ..

يا ملاكي ..

يا ملاكي الطاهر اعلم أنك أنت نبض هذا القلب ..

قلب يؤمن بك ويثق بحبك ..

قلبي يا **همدانس** منذ زمن وأنا أحسه قلبك أنت ..

فأنت تملك قلبي الذي في صدري ..

نعم إنه قلبك منذ أن خلق الحب لك فيه ..

همدانس هذا الحب أقوى مني ..

قوية أنا فقط بوجودك وإحساسي بك ..

همدانس لو تعلم كيف أن حبك متغلغل في قلبي يسكن روحي وكل الخلايا ..

همدانس حبك يحيط بي ويلفني ..

حبك ينبع من الداخل إلى الخارج ..

يسري في دمائي وجزء من تكويني وكل كياني ..

أظنه حب خلق في الجنة ..

حب بُعِث على الأرض ..

إنه حب جميل يتمتع بنوع من القوة .. ..
همدانس ..

همدانس أحبك هل تعلم ذلك ؟

همدانس أحبك أكثر من أي شخص في هذا العالم ..

أحبك أكثر من أي شيء في كل الدنيا وهذا الكون ..

بدايتي ونهايتي

همدانس حبيبي صباح الحب يا حب ..

همدانس أنت أول ما يبدأ يومي وآخر ما ينتهي به يوم من أيام حياتي ..

أنت سبب وجودي وأنت ما يجعلني أختفي ..

همدانس حبيبي أنت حياتي .حياتي كلها أنت. ..

همدانس أحبك يا ملاكي ..

حبيبي صباح الخير أيتها العيون الناعسة ..

صباح الخير على الوجه الجميل ..

أرسل لك قبلة صباح الحب ..

وقبلة شوق وحنين ..

وحضن دافئ في هذا الصباح البارد ..

صباح الحب يا حب ..

صباح الحب يا همدانس ..

أحبك ..

..

حلم صغير

همدانس حبيبي ..

همدانس الحب ..

تصبح على حب يا حب ..

تصبح على خير وعشق من قلبي وغرام ..

أتمنى لك ليلة هادئة ..

نم نوم الهنا والراحة ..

وإذا أردت استقبلني في حلم صغير ..

نم حبيبي واعلم أن قلبي يحبك يؤمن بك ويثق بك ..

وروحي ترعاك وتحرسك ..

نم حبيبي وملاكي واعلم أنت تمتلك قلبي وكل كياني..

صغيري الجميل أحبك وحنيني لك دوما من الحيرة يحميني ..

لك حبي وحنيني ..

مدلل قلبي وطفلي لك مني قبلة حب تتعهد بالحب ..

قبلة تصبح على حب ..

أحبك يا همدانس قلبي ..

أول وآخر فكرة

همدانس حبيبي ..

حبيبتك بدأت تشعر بالنعاس ..

النعاس يأتي فجأة ..

حبيبي لا أحب حين يخطفني النوم ..

يجعلني أغمض عيوني رغما عني ..

همدانس حبيبي أنت بداخل عيوني أغمض عيوني
عليك وأنت أجمل ما رأت هذه العيون ..

يا نورها ونور البصر ..

يا حبيب هذا القلب حتى ولو أغمضت العيون أنا أراك
بقلبي ..

أنت تسكن حتى تفكيري وأحلامي ..

أحب أن أراك في حلم يجمعنا ..

أحب كثيرا حين تزورني في أحلامي يا ملاكي
الطاهر ..

همدانس أغمض عيوني وأنت بداخلها ..

أغمض عيوني وأنت آخر فكرة ببالي ..

أغمض عيوني وأنا أفكر فيك حتى أغفو ..

وأضع يدي على قلبي وأسمعه وهو ينبض بك ولك
حتى يأخذني النوم ..

همدانس أشعر بالنعاس كثيرا أنا أحاول أن أبقى
مستيقظة فقط من أجلك ..

أسهر من أجلك ..

لو تراني وكأنني نائمة آسفة إن أخطأت في أي كلمة
حين أكون نعسانة لا أعرف ما أكتب ..

حبيبي أحبك ..

أرسل لك قبلة أهلا بعودتك سالما ..

وقبلة تصبح على حب ..

وقبلة شوق مشتاقة مشتاقة ..

همدانس أحبك ..

تصبح على حب يا حب ..

ليتني أحميك بجفوني ورموشي ..

ليتني أحفظك في عيوني ..

ليتنا يا همدانس معا ..

أحبك ..

قبلة للعيون الناعسة

حبيبي يا جمال صباحي بك ..

لا يهم التوقيت بل المهم القلب وإحساسي بك ..

همدانس صباح الحب يا حب ..

صباح الورد يا غرامي ..

وإن كنت لا تزال نائما فنوم الهنا ..

وقبلة للعيون الناعسة ..

قبلة لحبيبي ملاكي الغافي ..

همدانس أحبك ..

أيها الجميل الغافي

همدانس يا غرامي ..

أيها الجميل الغافي ..

إن كنت نائما فاستيقظ يا حبيب الروح فالنوم لن يمل من عيونك الناعسة ..

آمل أن تكون قد نمت جيدا وأخذت قسطا من الراحة.. استيقظ ورحب بالفجر الجديد وابدأ يومك بفرح وشعور سعيد ..

وإملأ الكون بحسك وصوتك الجميل .. .

وإن كنت مستيقظا أتمنى لك يوما جميلا ..

وأوقاتا جيدة ..

همدانس رعاك الله يا ملاكي ..

كل جوارحي

همدانس حبيبي ..

همدانس يا ملاكي ..

يا ملاكي الطاهر ..

يا طهر المشاعر ..

ويا صدق الإحساس ..

همدانس أحبك بكل جوارحي ..

أحبك ..

حرارة حبي

همدانس حبيبي حرارة حبي لك لا تغيرها أجواء ولا تحركها عواصف ولا أي ظواهر طبيعية ..

وشعلة الشوق لك دائما مشتعلة وأنا أحافظ لك عليها البرد في الجو لا يجعلنا إلا أن نشعر بحنين أكبر لمن نحب ..

نتشتاق أكثر للمسة يد وحضن دافئ ..

ولكن البرد الذي يصيب القلوب هو الذي لا حل له همدانس يا قلبي ..

أغمض عينيك للحظة واسمع نبضات قلبك وسوف تحس بالدفء لأنك حتى وإن لم تكن تحب سوف تحس بالدفء لأن قلبك محبوب ..

قلبك له من يحبه ..

حتى وإن لم يحب قلبك بعد ..

قلبي يحبك ..

وأنا أشتاقك بولع ووله المشاعر أحيطك وأحميك
البرد مخلوق لطيف لأنه هنا حيث أنا وهناك حيث أنت
فيجمعنا رغم المسافة ورغم كل شيء ..

برد في الأجواء يجعل القلب..

أكثر دفئا..

إنه أحن وأكثر حنانا من قلوب البشر والعواذل ..

يجعلنا هذا الجو نتمنى اللقاء أكثر ..

رغبة في لمسة يد وحضن

نبقى فيه إلى الأبد

احتفظ همدانس بالرسائل جميعا

إلا أن العصفورة أخبرت جيمانوس بأنه مع آخر رسالة
رسم على وجهه ابتسامة قبل أن يأخذ النوم عينه

استقبلته صباحا برسالة وكتب له فيها:

همدانس حبيبي صباح الحب يا حب ..

صباح الغرام ..

صباح العشق والشوق

صباح أحلى الصباحات وأنت حاضر وأنت غائب ..

صباح الخير في حالة أنت قلت صباح الخير وإن لم تقلها ها أنا أقول صباح الخير ..

همدانس حبيبي أيها الصباح الجميل والإشراق الجميل من الشرق الجميل ..

صباح الخير يا ملاكي الجميل ..

لقد كان همدانس يستيقظ صباحا باكرا فجرا ويستنشق الكثير من الهواء النقي ثم يقوم ببعض الرياضة

وبعد أن استحم وتناول طعام الإفطار انطلق إلى حيث تجرى المباريات، كانت المفاجأة هناك

لقد كان هناك مكان مخصص لكل متبار مكان لا يدخله العامة ولا الفتيات ولا المعجبات

دخل همدانس أول مرة ولم يلاحظ شيئا لا على الأرض ولا على الكرسي

وبينما هو يغير ثيابه لأن المسؤولين عن المسابقة
يحضرون لك المتسابقين ثيابا بشكل يومي

عندما التفت إلى الخلف كانت المفاجأة لقد وجد رسالة
أخرى

قبل أن يقرا كان حائرا في أمره من أين جاءت الرسالة
ومن وضعها وكيف تمكن من فعله

لقد كانت رسالة حب فعلم بأنها من نفس الفتاة

كان همدانس ذكي جدا ويمكنه قراءة ما بين الحروف
والأسطر لقد تمكن من أن يشعر بأنها فتاة واحدة رغم
شطارة جيمانوس التي كانت تحاول أن لا يكشف
أمرها.

ولكن ما كان يحيره هو كيف لها أن وصلت إلى هذا
المكان بسهولة وتخفي من هي؟ وماذا تريد بالضبط؟

إنها أسئلة محيرة قد راودته قبيل دخوله للمنافسة
الجديدة

كان يتساءل وخاصة أن هذا الأمر لم يحدث معه سابقا

من هي وماذا تريد

هل هي مجرد معجبة

أم فتاة أحبتني وتعلقت بي في هذه المسابقات

هل هي إحدى المعجبات

ولكن لم أر من المعجبات تصرفا يشابه هذا

إنها مختلفة

من هي؟

الجولة الثانية

كان مشغول البال في الجولة الثانية وينظر إلى الجمهور والفتيات المجنونات وهو يرى بأنهن يختلفن كثيرا عن الرسائل التي أصبحت تعني له شيئا

1- مسابقة علم الكون والأقمار والنجوم

الشمس أمي

والقمر أبي

الكواكب غير موجودين بالنسبة لي

لأن الكواكب إخوة وأنا لا إخوة لدي

وكذلك الأمر بالنسبة للنجوم

فالنجوم أخوات

لو الشمس والقمر لا أنيرت الأرض نهارا وليلا

ولما كان عليها حياة

وما كان أن كتب لها النجاة

اذن أنا الأرض

أنا الأرض بوحوشها حين اغب

غضبي يفجر الزلازل ويجعل الباكين

ومع السعادة يأتي الربيع وتزقزق العصافير

كوكب واحد هو الذي يحق لي التكلم عنه وهو الأرض

لأنني أنا الأرض

اعرف أمي من بعيد

وكذلك أبي هو دوما عني بعيد

تعاقبني أمي بغيابها فتحجب نفسها عني بالسحب

تعاقبني بالأمطار الغريزة

وتعاقب أبي إن أفرط لي فالدلال فتحبه عني بالخسوف

تقف بينه وبيني لتجعلني أتعلم القوة بقسوتها ولا أصبح لينا

ولا اتصف باللين

لي جانب اسود وجانب مضيء

ولو كان لي شريك لكنت مضيئا فهو من سيضيء الجانب الأسود

الكمال على الأرض غير موجود

ولكن الأجداد يقولون المرأة نصف والرجل نصفها الآخر

الرجل نصف والمرأة نصفه الآخر

فقلتي حبة فول

يمكن أن تزرعا فتنتشا فتنتجا

ويمكن أن تقسما فتفصلا فتخسرا كلتاهما

نصفا قمر

باكتمالهما يكتمل القمر

ويحدث الاكتمال

تلك هي حالي وحال كل أعزب

إنها نفس الحال

شوق الحبيب للرسائل

عندما عاد لكي يغير ثيابه مساء وجد رسالة بنفس
الطريقة التي وضعت بها الرسالة صباحا

أخذها وهو مندهش وقد كان متشوق لكي يختلي بنفسه
من أجل أن يقرأ ما كتبته له حبيبته الغامضة

لقد كان في شوق لكل حرف منها

وكان يشعر بالفضول لكي يعرف ما قد تحمله له
رسالتها الجديدة

الرسالة الجديدة

همدانس غرامي
اليوم صباحا حوالي الساعة الثامنة والنصف أو أكثر..

بعد أن شربت قهوتي التي مازلت تظهر لي فيها ..

وخاصة عندما تكون قهوة بالحليب لا اعلم لماذا ..

حبيبي هل تتذكر الحمامة البيضاء وحبيبها الأسمر

" أنا أحب ذلك الثنائي كثيرا "

إنهما ثنائي يذيب قلبي حبا وعشقا وهياما
رحت أتصفح شيئا فوجدت كلاما يشبهك ويشبهني
ويشبه ما بيننا .. همدانس انه كلام جميل بحق ..

رغم اختلاف اللغة ..

ولكن المشاعر نفسها ..

همدانس لا تعلم ما أحسست به في تلك اللحظة ..

صحيح أنني لا أعرف من كتب ذلك الكلام أو لمن أرسله

ولكنه لمس قلبي بشكل حساس جدا وأثّر فيا بشكل كبير

...

أظن أن من كتبه يملك قلبا كبيرا وفيه حب عميق وهو بالتأكيد شخص رائع ..

و صاحبة ذلك الكلام هي فتاة مميزة بالطبع لأنها تلقت كلاما كهذا في وقت كهذا ..

قلبي دق بسرعة جدا وكأنني أنا صاحبة ذلك الكلام والكلام موجه لي ..

تساءلت ماذا لو سمعت كلمة واحدة تشبه ذلك الكلام من شخص أحبه وأتمناه هل تعرف ما قد يحدث ؟

أنا أيضا لا أعرف ..

أظن أنني لم أفكر في ذلك سابقا ..

ولكن هذا الصباح وأنا أقرأ تلك الكلمات عرفت ما
ستكون ردّة فعلي أظن أنه سيغمى عليّا نعم أظن أنني
لا أتحمل ..

تخيّل يا همدانس روحي وحياتي أنني اكتشفت أنني لم

.. ... أتذوق طعم كلامك
همدانس حبيبي رغم أنني سمعت منك في أحلامي
كثيرا وخاطبتني وكلمتني وأمرتني أحيانا ..

نعم في أحلامي أنت تحب إعطاء الأوامر ولكن أنا لا
أنزعج ..

كما أنك في أحيان كثيرة حنون عليّا و رءوف ..

وفي يقظتي سمعتك مرارا تتكلم بصوت هادي وأحيانا
فقط افهم دون أن أسمع جيدا ..

كأنه تخاطر من نوع ما

أنا أهذي ..

هل هذا صحيح ؟
لا ليس كذلك أنا مؤمنة بحبي وقلبي وبك
همدانس أنا أعيش على إحساسي بك وحبي لك ..

فهذا الحب

والعشق هو نهر من عين جارية

لا تتوقف عين عشقي لك عن الجريان ولا على ..
العطاء ..

فالقلب منزل يعيش فيه العاشق دون أن يستأذن صاحبه
أو يطرق بابه لأنه يكون قد امتلكه وأصبح المالك له
وهذا أنت يا همدانس وقلبي قلبك ..

البحث عن الحبيبة

آلهة الحب

لم يخطر ببال همدانس أن تكون الأميرة هي صاحبة الرسائل ولم يشك في ذلك البتة كما انه لم يكن يلتفت إليها فممنوع إطالة النظر إليها من غير اللائق وليست من الآداب العامة

ولكنه كان يبحث بين الجمهور حتى تعب وأصبح مشغول البال ومن الممكن أن يؤثر ذلك عليه سلبا ويؤثر على أداءه في المسابقات

لم يتعود همدانس على أن تثير اهتمامه فتاة لهذه

الدرجة ولكنه أصبح متعلقا بها رغب في ذلك أولا

اعترف بذلك أو أنكر

لقد أصبح يتشوق لرسائلها وينتظرها كما انه يحتفظ بها

داخل صندوق مبطن بالحرير

احتفظ بالرسالتين وكأنهما كنز ثمين وذهب إلى بيته

وعصفورة جيمانوس لازالت توصل لها الأخبار

كان همدانس فيلسوفا ويبني علومه بالشك واليقين

يقيم الفرضيات وينقدها

ولا يصدق أي شيء

يبحث ويعيد البحث حتى يتوصل إلى نتائج

ويستخلص من النتائج ما يعتبره نتائجا نهائيا

وان كان لديه شك في نتيجة وتجاوز شكله فيها 65 %
فانه يعيد البحث في النظريات.

وهذا ما جعله يفكر في أنه ربما رجل (أحد المتبارين)
هو من يبعث له الرسائل لكي يجعل تفكيره يتشتت لكي
لا يبذل قصارى جهوده في المباريات

ثم أنكر هذه النظرية لأن التعبير في الرسائل يبدو
صادقا أنها حقا فتاة

وهي فتاة متميزة ومختلفة ليست من المعجبات التي
يتهافتن عليه ويشجعنه في كل مسابقة

كانت الفتيات يرمين له بالورد والهدايا ولكن لم تصد
فان وقعت منهن رسالة مثل تلك الرسائل.

في ذلك اليوم وعندما رجع إلى البيت لم تطرق بابه
حمامة الفتاة وطوال الليل لم يتلق رسالة

لقد انشغل باله للمرة الأولى وأصبح له اهتمام آخر

اهتمام غير المسابقة والعالم والكون

استلقى همدانس تحت السماء الواسعة وهو يراقب
النجوم وراح يتساءل هل أحبت غيري أين هي؟

كانت جيمانوس تراقبه من يعيد

لذا أرادت أن تلعب معه لعبة جميلة

لقد كتبت له رسالة ولكن هذه المرة كانت الرسالة
حروفها من نجوم

لقد تلاعبت بالنجوم في السماء وكتبت له بها رسالة

كاد يجن

أيعقل

أم انه مجرد خيال

أغمض عينيه ولكن المنظر لم يتغير

الرسالة كانت تكتب والنجوم تغير مكانها تصطف
وتتراكم وتتحرك وتكتب مشاعر جيمانوس التي أدمنت

اللعبة ولم تعد تختبره بل أصبحت تكتب له ما تشعر

به حقا.

في تلك للحظة راودته فكرة

هل يمكن أن تكون صاحبة الرسائل والتي أصبحت

توقعها بحرف واحد ج

هل يمكن أن تكون آلهة

إنها تتحكم بالنجوم، إنها بالتأكيد آلهة.. ربما آلهة الحب

لأن رسائلها كلها رسائل حب

واصل قراءة الرسائل التي كانت تتواصل على ورقة

السماء حتى غفي

رسالة تساؤلات

همدانس حبيبي ..

اليوم أنا مرهقة ولا أعرف لماذا ؟

منذ الصباح والأفكار كثيرة
حاولت أن أبعدها لكي يبقى مزاجي صافيا من أجلك
حاولت كثيرا

بحثت عن أمر يشغلني ربما اقرأ قصيدة أو شعرا أو
كتابا، لعل أفكار الشك والهجر والبعد تختفي لكن لا
فائدة لم أستطع حتى أن أقرأ سطرا واحدا
هذه الحالة تأتي وتذهب
ولكنها كلما أتت تنال مني وتتركني طريحة
تساءلت لماذا هكذا ؟
تساءلت كيف هدتني الآلهة إلى أن أراسلك ؟

وتلك الفكرة المجنونة التي نقشتها في التاريخ ..

تلك الرسائل التي أرسلتها لك ..

إنها تشبه هدية معزوفة

إنها تعبير عن المشاعر في القالب الذي يجيده
الشخص..
تساءلت ما الفرق بين إعلاني لك وعن ما كنت أحسه
وأعانيه في السر
تساءلت عن ردّة فعلك وجوابك..

"لا يهم"

لقد أهديتك قلبي وروحي وليس فقط مشاعر كتبتها أو
مازلت اكتبها
تساءلت لما أنا أرسل؟،

لما أفعل ذا؟

وماذا أفعل ؟

ما الفرق بين وجودي في الرسائل وأن أصارح نفسي
وأعيش معها إلى أن تقضي الآلهة أمرا كما هو في
كتابي الذي كتب قبل رفع الأقلام ..

كتب الأقدار قد تكون رحيمة مع قلب وجسد
فكّرت كثيرا ..

رغم أن هذا القلب مازال يجاوبني
أتعبني هذا القلب

ماذا أفعل به ؟ .

أظن أنني أعاني من الفراغ ..

لما أنا متفرغة؟ ..

يجب أن أبحث عن عمل يشغلني ويشغل وقت فراغي
الذي تشغله امن في كل فكرة ..

هل هذا حل ؟

همدانس هل تعلم أنني اعتزلت الكتابة ..

أنا لا اكتب منذ زمن إلا لك ؟

وعنك

وقد كنت أكتب في السابق أكتب فلسفتي وأفكاري

أنا لم أكن من العاشقات اللواتي لا يملكن ما يفعلن غير العشق والهوى

أنا أميل للتأمل والطبيعة أكثر ..

ولا أحب أن أكون شفافة أمام أحد

كما لا أحب ارتداء الأقنعة ..

أنا أكثر بساطة من كل هذا

رسالة أخرى

همدانس منذ أكثر من ستة عشر ساعة لم تسمع مني كلمة أحبك رغم أنني قلتها بيني وبين نفسي مع كل نبضة قلب ..

أحبك في كل يوم

أحبك في كل ساعة

أحبك في كل لحظة

أحبك مع كل رنة قلب

2- مسابقة إلقاء أفضل خطبة أو محاضرة

الحياة مسرح

وكانت المسابقة الموالية عي مسابقة يجب على المتسابقين فيها أن يلقوا على الحضور محاضرة من اختيارهم وأن تروق للمحكمين والجمهور على حد سواء، لقد كان نظام المسابقات المواضيع المفتوحة والاختيار الحر للمسابقين للمواضيع التي يطرحونها أو يناقشوها وهذا كان من ميزات المسابقات في ذلك الزمان.

وقد كان موضوع همدانس بعنوان:

الحياة مسرح

ما الحياة إلا مسرح كبير

وما نحن إلا ممثلون

منا من يتقمص دوره

ويعتقد بأنه شخصية حقيقية

ومنا من يعرف بأنه مجرد تمثيل

كلنا نلعب أدوارنا

سواء أجدناها أو كنا بالفعل سيئين

منا من ينجح ومنا من يخسر نفسه ودوره

ولكن من الذي كتب المسرحية؟

ومن يخرجها؟

من كتبها لا نعرف من هو

ربما الآلهة

وربما القدر

ولكننا أحيانا نعرف من يخرجها

من يخرج مسرح الحياة هو من يتحكم بنا

أحيانا يتحكم بنا لصالحنا

وأحيانا أخرى كثيرة يتحكم بنا لصالحه الخاص

هناك مخرج جيد ومخرج شرير

المخرج الشرير هو من يحركنا لمصالحه الخاصة

ولكن يبقى السيناريو من الآلهة التي لا تريد لنا إلا الخير

دمتم تحت رعاية الآلهة

تهافت التصفيق لهمدانس الذي ألقى محاضرة أعجبت الجميع وجعلت المتنافسين يغارون ومنهم من لم يعد يثق في محاضرته التي سيلقيها

الوقوع المحتم في صاحبة الرسائل

بقي همدانس نائما على سطح بيته حتى أيقظه صديق
يدق بابه وقد تأخر عن المباراة اليوم

عندما صحا تذكر الرسائل فاعتقد بأنه كان يحلم ولكنه
ما إن خرج من الحمام حتى وجد رسالة أخرى

لقد كانت تتمنى له الحظ والتوفيق في تلك الرسالة
وأيضا علم من خلال كلماتها أنها بالفعل تراقبه

ربما هي بين الجمهور

ربما

راودته الكثير من الشكوك والتساؤلات ولكن لم يكن
لديه لا يقين ولا جواب

لقد كان يتلهف لرسائلها ودائما هو في بحث عنها
ولكنه لم ير أية امرأة تشبهها أو بالأحرى تشبه الكلمات
التي كانت ترسلها إليه وقد كان متأكدا بأنه سوف
يعرفها حين يراها وكأنه متأكد من أنه أصبح يعرفها
جيد المعرفة.

في ذلك المساء تلقى منها رسائل أخرى

انتظار رد الفعل صعب

انتظار جواب عن الرسائل صعب

انتظار نتيجة العشق صعب

انتظار الحب مقابل الحب صعب

الانتظار نفسه أمر صعب

انتظر

وانتظر

وانتظر

ولا اعلم حقا ما الذي انتظره

هل انتظر ما اعرفه أو ما أجهله

هل انتظر ما أتوقعه أم ما لا أتوقع حدوثه

هل انتظرك أنت أم انتظر أمرا آخر

هل انتظر المعهود والمتعارف عليه أم أنتظر آمرا في
حكم الغيب

انتظار المجهول أصعب

<h1 style="text-align:center">لحظات الشك</h1>

تراود كل مؤمن لحظات شك ولكنها تنتهي بسرعة لأن

الإيمان يقضي عليها

ولكن تلك اللحظات ليس بالسهلة أبدا

وخاصة على الإنسان المؤمن لأنها تجلب له الحيرة

وتجعله يعاني من حرب نفسية

حرب مع نفسه

حرب بينه وبين نفسه

لحظات الشك تلك لا ترحم وخاصة مع صمتك أنت

كتابة رسالة

كتابة الرسائل وبقدر ما هي أمر خاص وجميل بقدر ما

هي صعبة وخاصة إن كان الطرف الآخر

الشخص الذي نرسل إليه

لا يعلم من نحن

لا يعرفنا حقا

حتى وان راودته الشكوك حول هويتنا

ولكن ذلك الأمر

ذلك التفصيل الصغير يجعل الأمر صعبا

بل أكثر صعوبة من الوضع العادي

كما أن الرسالة إلى الحبيب غالبا ما تكون أطول من

الرسائل العادية

ألا تعتقد ذلك يا همدانس؟

ألا تعتقد يا حبيبي أن كتابة الرسائل هي أمر صعب؟

إنها صعبة حين تراودني الحيرة حول قلبك وحبك لي

وتصبح ممتعة حين أجد الإيمان بحبك في قلبي قويا

قويا

ومتينا

ولا يمكن قتله

حبنا لا يقهر

حيرة وعذاب

رغم كل تلك الرسائل إلا أن همدانس لم يعرف من هي صاحبة الرسائل حتى الآن

كان لا يؤمن بالحب ولكنه اليوم واقع في حب صاحبة الرسائل

في اليوم الثالث للمباريات كان عليهم أن يجتازوا مسابقة الشعر فطلب منهم أن يختاروا موضوعا حرا وهم أحرار في اختيار الموضوع

تنوعت المواضيع بين الفوز والخسارة والقوة والشجاعة والغرور والاكتئاب وغيرها، بينما كان الموضوع الذي اختار همدانس الحب وقصيدته بعنوان قلب واحد .

3- مسابقة الشعر

قلب واحد

لدي قلب واحد لأحب امرأة واحدة

لدي عقل واحد لأفكر في إسعادها

لدي عينان اثنتان لأراها من الأمام والوراء

لدي أذنان لأسمع كلامها لي لا لأسمع كلام الدخلاء

أذن لكلام الليل

وأذن لكلام النهار

كلام النهار يتناول كل المواضيع العامة وكلام الليل لا

يقبل إلا الحب

لدي لسان لينطق بالحب ويشبع رغباتها

ان عشقها القلب عشقها اللسان

وان نطق اللسان بغير الحب فلا حب في القلب

وان سكت اللسان فالقلب يكاد أن ينفجر حبا أو غضبا

انثر النجوم لأجلها وهي تكتب لي رسائل بالنجوم

استلقي تحت السماء الواسعة وهي بالنسبة لي الأرض

والسماء

تفاجئني بحبها وحبها لي حب دافئ

كلحاف في الشتاء

أو قميص من الصوف

وأحيانا هي نار وحطب تدفئني حتى تلسعني بعدم
وجودها أمامي

إنها آلهة الحب

إنها ألهتي الخاصة

موجودةً هي هنا بين النساء وفي تلك اللحظة قال له
احد الحكماء أحسنت فالتفت إليه واذا بعينه تقع في عين
الأميرة جومانوس فتوقف عن الكلام ونسي ما كان
يقول

من العادة الهتاف حين يصيب احد بكلمة أو جملة أو
حكمة ومن غير العادة أن ينظر أي احد في عيون
الأميرة ولكن ما صدف قد صدف وما صار قد صار

صفق له الجميع اعتقادا منهم بأنه أنهى جولته وتابع
بقية المتبارين سباقهم

أمت بالنسبة لهمدانس فقد كان مذهولا بما رأى هل
يمكن أن يكون ماراه صحيحا لقد رأى الحب في عين
بالأميرة جيمانوس ولم يصدق ذلك

أول مرة يرى عيون كبيرة جميلة بريئة كعيون الأميرة
لقد وقع في حبها من نظرة

ولكنه شعر بان عيونها مليئة بالكلام وكأنها كانت تنظر
إليه بحب

أيعقل أنها الأميرة ولكنه اعتقد لوله بأنه يباع في الأمر
لذا أراد أن يتأكد

وبينما هو يجلس في ركب بعيد عن من يتبارى حاليا
والأنظار كلها متوجهة إلى من يتنافس قرر أن يخطف
نظرة للأميرة وإذا به يرى بأنها تنظر إليه بل وقد
وقعت نظراته في عينيها حتى رآها تستحي وتلتفت إلى
يمينها وكأنها تنظر إلى شي على كتفها

كانت تحاول أن تهرب بالنظر ولكنه عندما دقق النظر إليها رأى عصفورة تجلس على كتفها وعندما التفت ورجع لينظر لم يجد العصفورة ولكن الأميرة لازالت تنظر لشيء على كتفها.

في ذلك المساء وعندما عاد همدانس إلى البيت وهو متعب بل مهلك من التعب دخل الحمام وعندما خرج لمح العصفورة نفسها تكاد تخرج من النافذة وعندما التفت إلى السرير وجد عليه رسالة قفز إلى النافذة ليلمح العصفورة لمحة واحدة قبل أن تختفي، لم تختفي لبعد المسافة بل اختفت عن النظر وكأنها غابت في الهواء

عاد إلى الرسالة فوجدها فعلا رسالة حب

هدية الآلهة

هيمدانس

رسائل حبي إليك لا تنتهي

وحبي لك لا ينتهي

أنت تعلم بان الحب يأتي من عالم الحب حيث الحب

فيه لا ينتهي

حبي مبجل

حبي مقدس

حبي لك هدية من الآلهة

ونحن مؤمنون نحتفظ بهدايا الآلهة ونعتني بها

فكما خلقتنا الآلهة بجمال ونقاء

هي ترسل إلينا هداياها الجميلة والنقية

وما علينا إلا أن نعتني بها

لقد قررت أنا أن أعتني بهدية الآلهة غليا

لقد قررت أن أعتني بحبي لك

أن أعتني بحبنا

اكتشاف أجمل حقيقة

لقد تأكد همدانس بأن العصفورة هي عصفورة الأميرة وبأنها هي التي ترسل الرسائل، ومع عصفورتها تلك.

أصبح سعيدا بمعرفته صاحبة الرسائل التي سكنت قلبه وعقله.

بقدر المفاجأة بقدر سعادته لأنه وأخيرا قد وجد حبيبته، وجد المرأة التي تكن له كل ذلك الحب والذي أصبح يكن لها حبا أعظم وأقوى.

4- مسابقة إجراء حوار

في اليوم الموالي كان عنوان المسابقة إجراء حوار

فطلب منهم أن يجروا حوارا مع شخص غير موجود

حوار مع الحبيبة

إن كنت موجودة فانا موجود

إن كان قلبك ينبض بالحب فقلبي قد نبض بحبك أنت

أنت تقولين وأنا استمع

أنت تكتبين وأنا أقرا

أنت ترسلين وأنا أستلم أجمل رسائل حب

أنت تخبرين عما تشعرين وقلبي يشعر بالصدق في القول

هل كنت في البداية تلعبين؟

أنا ما كنت أؤمن في البداية

ولكنني الآن أؤمن بالحب وبك

أظن أننا قد خلقنا لبعضنا

هل تظنين؟

أنت تظنين ذلك أيضا لذا أنت ترسلين مشاعرك مع العصفورة والحمام والمطر النجوم

لا عنوان لك عندي

كيف أرسل لك الرسائل

أم انك وحدك من يحق لها الإرسال

ولكني سعيد إنني وحدي من يحق له لرسائلك
الاستقبال

تعرفين عنواني؟

اعلم انه عنوان قلبي الذي تعرفين

أنا سعيد بك

هل أنت سعيدة؟

وخطف بنظرة حول الجمهور إلى أن وصل بعينيه إلى
الأميرة بطريقة لا يلحظ ما يفعله احد ثم غير اتجاه
النظر مباشرة

لقد رآها تبتسم فأكمل حواره وقال

أنت سعيدة فأنا حقا سعيد

انك أنت هناك هنا في كل مكان أنت أمامي، خلفي،

على الشمال، على اليمين، فوقي وفي قلبي

أنت هي أميرة قلبي

بل ملكة عليه

وتمتلكينه بإرادتي

ورغما عني

أنت هي ..

أنت ..

أنت (والجميع في شوق لمعرفة من هي)

أنت تعلمين من تكونين

5- مسابقة الفلسفة

لم يبق إلا يوم واحد ومسابقة واحدة والتي كانت بعنوان:

مسابقة الفلسفة

فطلبوا منهم ومن كل واحد منهم أن يقوم باختيار موضوع وأن يتكلم عنه يفسره ويناقشه مع نفسه دون تدخل من أي كان.

ومن المواضيع المقترحة ما يلي:

الآلهة، الجمال، المرأة، الدولة، الحياة، الجنة، الخلود، الوجود، الموت والولادة

فكان اختيار هيمدانس الآلهة وكانت مقالته كالتالي:

الآلهة:

آلهة خلقتني أنا موجود أعبدها فهي جديرة بالعبادة

آلهة أعطتني العقل فأدركتها فهي جديرة بالعبادة

آلهة جميلة تبث الجمال كلما حولي هو جميل لذا اعبدها فهي جديرة بالعبادة

آلهة خلقت أمي فأنجبتني تلك حكمة الولادة اذن هي جديرة بالعبادة

آلهة تميتني لأراها أفنى لأجدها حق الموت حق الفناء

وجودها حق اذن فهي جديرة بالعبادة

آلهة أوجدت الحياة والوجود

الجنة والخلود

أعطتني الأرض جنة فيها أنا موجود

وبعد الأرض جنة السماء وفيها الخلود

آلهة فتحت أبواب عقلي بالعلوم

وأنبتت في لساني أشجار الحكمة وبساتينها

فكلماتي هي ثمارها

آلهة أعطتني العيون لأرى العوالم كلها

فالسماء عالم بكواكبها

والأرض عالم بأسرارها

والمرأة عالم جميل هي من صنعها

وكل مواضيع الحياة تندرج تحتها

لذا أنا اعبدها

الآلهة جديرة بالعبادة

لقد كانت فكرة جيدة وذكية انه جمع كل المواضيع
تحت موضوع الكلام الذي اختارته الآلهة

حكم اللجنة والتتويج

بعد اليوم الأخير من المسابقات بعد أن أكمل كل المتسابقون الجولات والمسابقات، بقي أمام لجنة التحكيم ثلاث أيام لاختيار الفائز في كل المسابقات بعد جمع أصوات الجمهور

وبعد أن يضع الحكماء آراءهم أيضا

هناك ثلاث جوائز

جائزة الدولة

جائزة لجنة التحكيم

وجائزة الجمهور

يمكن تقديم الجوائز لمن استحقها، ويمكن حجبها في حالة عدم توفر المواصفات في شخص ما، ويمكن أن تعطى لأكثر من شخص إلا جائزة الدولة التي هي للفائز الأول فقط لا غير.

وبعد ثلاثة أيام تم التتويج بعد إقامة حفلة كبيرة وتم الإعلان عن الفائز لقد كان همدانس هو من تحصل ولأول مرة على كل الجوائز ولقب بأمير السنة لكي يبث البكرة في السنة وأخذ أيضا لقب محبوب الآلهة سابقا فتحصل على تاج وصولجان ومكانة في الدولة.

أصبح مستشارا للأميرة وأصبح بإمكانه رؤيتها والجلوس معها ومع الشيوخ وحضور المجالس ومختلف الاجتماعات.

وهكذا أصبح اقرب إليها، لقد فرح أكثر شيء بأن أصبح قريبا من الأميرة كان حلم كل الشباب الوصول إليها فكيف أن يصبح مستشارها حقا لقد كان مباركا من الآلهة

كما أنه أصبح يق للأميرة أن تستدعيه وتستشيره في أي موضوع شاءت ولكنها كانت تريد أن تجلس معه على مقربة وان تراها وتكلمه

وان تسمع ما يريد أن يقوله لها إلا انه كان يعلم مكانته ولا يريد أن يتجاوز حدوده أو يخطئ معها أو تفهم تصرفاته بشكل خاطئ لذا التزم الصمت والأدب

فواصلت الأميرة إرسال الرسائل له

فصل جديد في الحب

لقد أصبح بإمكان همدانس رؤية العصفورة كما انه بحث عن معلومات عنها في الكتب ولم يجد وعندما سال احد الشيوخ اخبره بقصتها وقال له انه مبارك من يراها وربما يكون من نصيبه الزواج بالأميرة

وهو لازال معرضا عن الكلام ولكنه يسعد بالرسائل وينتظرها

ويعد

وبعد مرور تلك الأيام التي تسبق تتويج الأميرة جاء اليوم الموعود

توجت الأميرة وتقدم لها الخاطبون

أعرضت عن الزواج قبل أن ترى الخاطبين ولكنها لم تتوقع أن يكون مستشارها الحبيب ضمن الخاطبين وعندما رأته وافقت فورا على الزواج به وعاشا بسعادة إلى الأبد

وان لهما نصبا تاريخيا يخلد قصة حبها وهما جالسان على كرسي يمسك بيدها يحني رأسه يسر لها بشيء في أذنها جعلها تبتسم وعصفورتها على كتفها

Sommaire

9 798223 765585